LES CHRONIQUES DE SPIDERWICK

LA LUNETTE DE PIERRE

LES CHRONIQUES DE SPIDERWICK

LIVRE DEUXIÈME

Tony DiTerlizzi et Holly Black

LA LUNETTE DE PIERRE

Traduit de l'anglais (États-Unis)
par Bertrand Ferrier

Les éditions Héritage inc.

Données de catalogage avant publication (Canada)

DiTerlizzi, Tony

    La lunette de pierre

    (Les chroniques de Spiderwick)
    Traduction de: The seeing stone / Tony DiTerlizzi and Holly Black.
    Pour les jeunes de 12 ans et plus.

    ISBN 2-7625-1996-9

    I. Black, Holly. II. Ferrier, Bertrand. III. Titre. IV. Collection:
    DiTerlizzi, Tony. Chroniques de Spiderwick.

PZ23.D57Lu 2005   j813'.6   C2005-940510-4

Copyright © 2003 Tony DiTerlizzi et Holly Black
Édition originale publiée par Simon & Schuster Books 2003

Version française
© 2004 Pocket Jeunesse, département d'Univers Poche

Pour le Canada
© Les éditions Héritage inc. 2005
Tous droits réservés

Infographie de la couverture et mise en page: Jean-Marc Gélineau

Dépôts légaux: 2e trimestre 2005
Bibliothèque nationale du Québec
Bibliothèque nationale du Canada

ISBN: 2-7625-1996-9   Imprimé au Canada

LES ÉDITIONS HÉRITAGE INC.
300, rue Arran, Saint-Lambert (Québec) J4R 1K5
Téléphone: (514) 875-0327
Télécopieur: (450) 672-5448
Courriel: info@editionsheritage.com

Pour Melvina, ma grand-mère, qui m'a conseillé d'écrire un livre comme celui-ci, et à qui j'ai répondu : « Jamais de la vie ! »

H. B.

Pour Arthur Rackham. Qu'il continue à en inspirer d'autres comme il m'inspire, moi.

T. D.

Sommaire

Illustrations

Cher lecteur,

Tony et moi sommes amis de longue date. Enfants, nous partagions la même fascination pour le monde des fées ; mais nous n'avions pas compris jusqu'où elle pouvait nous entraîner !

Un jour, nous avions tous les deux rendez-vous pour dédicacer nos livres dans une grande librairie. À la fin, un libraire s'est approché de nous et nous a dit :

— Quelqu'un a laissé une lettre pour vous.

Tu as une copie de cette lettre sur la page de droite.

Intrigués, nous y avons jeté un œil. Nous avons rapidement griffonné un mot à l'intention des enfants Grace, et nous l'avons remis au libraire.

Peu après, on m'a livré un paquet, entouré d'un ruban rouge. Quelques jours plus tard, Mallory, Jared et Simon sont venus me raconter leur histoire — cette histoire que vous allez lire à présent.

Ce qui est arrivé ensuite ? Difficile à résumer ! Tony et moi nous sommes retrouvés plongés dans un univers auquel nous ne croyions plus depuis longtemps. Et nous avons compris qu'il existe bel et bien un monde invisible autour de nous.

Nous espérons, cher lecteur, que, grâce aux aventures des enfants Grace, tu apprendras à le découvrir et à l'apprécier.

Holly Black

Chère Madame Black, cher monsieur DiTerlizzi,

Je sais que beaucoup de gens ne croient pas aux fées. Moi, j'y crois ; et quelque chose me dit que vous aussi. J'ai lu vos livres, j'ai parlé de vous à mes frères, et nous avons décidé... de vous écrire. Nous connaissons des fées. Des vraies. Et nous les connaissons bien.

Vous trouverez ci-joint une photocopie d'un vieux grimoire que nous avons trouvé dans le grenier de notre maison. Pardon si la photocopie n'est pas très belle : nous avons eu du mal à la faire !!!

Le grimoire raconte comment reconnaître les fées et comment se protéger d'elles. Nous avons pensé que vous pourriez donner ce livre à votre éditeur. Si cela vous intéresse, dites-nous où vous contacter en laissant un mot au libraire qui vous a donné cette lettre. Nous nous arrangerons pour vous faire parvenir l'ouvrage. Pas question d'utiliser la Poste : c'est trop dangereux.

Nous voulons que les gens soient au courant de ce qui s'est passé, car cela pourrait leur arriver aussi !

Bien sincèrement,

Mallory, Jared et Simon Grace

*Jared avançait vers un portail en forme
de toile d'araignée.*

Chapitre premier

Où vient à manquer un chat
(mais pas seulement)

J ared Grace avançait en traînant les pieds vers un portail en forme de gigantesque toile d'araignée. Dans les arbres, les feuilles rouge et or donnaient au décor une allure sinistre. Comme si la grande bâtisse délabrée qui se dressait au bout du chemin n'était pas assez inquiétante sans ça !

Jared vivait dans cette espèce de vieux manoir avec sa mère, son frère jumeau, Simon, et sa grande sœur de treize ans, Mallory. Il y habiterait jusqu'à ce qu'ils trouvent quelque chose de moins affreux… ou jusqu'à ce que cette vieille folle de tante Lucinda leur demande de déguerpir.

Jared leva les yeux vers la demeure qui tombait en ruine. Vraiment pas accueillante, cette maison ! Le garçon frissonna.

Depuis que ses parents avaient divorcé, sa vie allait de mal en pis. Aujourd'hui encore, il lui était arrivé une catastrophe : il avait dû rester en retenue après les cours *à cause des gobelins…*

Pour lui qui essayait de se tenir tranquille dans son nouveau collège, la journée avait viré au cauchemar. D'accord, il avait dessiné des gobelins pendant que la prof parlait. Mais il écoutait ce qu'elle racontait. Plus ou moins. Quoi qu'il en soit, elle n'avait pas à brandir son dessin pour le montrer aux autres élèves.

Après cet incident, ses prétendus « petits camarades » n'avaient pas arrêté de se moquer de lui. Pour eux, un gobelin était un personnage imaginaire auquel on pouvait croire quand on était bébé – et encore… Pour Jared, c'était l'un des monstres les plus redoutables parmi ceux qu'il avait découverts récemment… en chair, en os et en dents pointues !

Jared n'avait pas résisté longtemps aux insultes. Sans même s'en rendre compte, il s'était emparé du cahier d'un élève, au hasard, et il l'avait déchiré. Résultat : deux heures de retenue.

Jared se rendit à la cuisine. Simon était assis par terre devant un verre de lait.

— Tu as vu Figaro ? lui demanda-t-il aussitôt.

— Je viens de rentrer, rétorqua Jared.

Il se dirigea vers le réfrigérateur et avala une rasade d'un jus de pomme si froid qu'il en eut mal au cœur.

« Ça y est, tu as réussi à avoir une retenue ! »
lança Mallory.

— Tu aurais pu le croiser dehors, reprit Simon. J'ai regardé partout.

Jared secoua la tête. Cet imbécile de chat était le cadet de ses soucis. Figaro était le dernier venu dans la grande ménagerie de Simon. Le jumeau de Jared remplissait la maison de bestioles en tout genre, qui réclamaient sans cesse de la nourriture ou des caresses !

Jared aurait bien aimé savoir pourquoi Simon et lui étaient si différents. Dans les films, les jumeaux avaient des superpouvoirs géniaux. Par exemple, chacun arrivait à lire les pensées de l'autre. Mais dans la vraie vie, le seul superpouvoir qu'avaient les jumeaux Grace, c'était de porter des sous-vêtements de la même taille.

Génial.

Un grondement de tonnerre ébranla la mai-

son. Mallory dévalait l'escalier, son sac d'escrime à l'épaule.

— Félicitations, imbécile ! lança-t-elle à
Jared en se dirigeant vers la porte de derrière.

Ça y est, tu as réussi à avoir une retenue ! Remarque, pour une fois, tu n'as cassé le nez à personne. Tu es en progrès !

— Tu ne rapporteras pas à maman, hein ? supplia Jared.

— Pfff… Ne rêve pas, elle finira par être au courant.

La jeune fille sortit sur la pelouse pour pratiquer ses fentes[1]. Elle était plus que jamais passionnée d'épée. C'était devenu une obsession !

Jared se leva et commença à monter l'escalier.

— Hé ! protesta Simon. Où tu vas ?

— Dans la bibliothèque d'Arthur Spiderwick.

---

1. Un escrimeur se « fend » quand il lance brusquement sa jambe loin devant lui, afin de toucher son adversaire.

— Mais tu dois m'aider à trouver Figaro !
Je t'ai attendu pour ça.

— Je *dois* t'aider ? répéta Jared. Et puis
quoi encore ?

Et il poursuivit son chemin.

Au premier étage, il ouvrit la penderie et
entra dedans. Derrière les piles de draps usés se
cachait une porte. Et, derrière cette porte, était
dissimulée une pièce secrète.

L'endroit était sombre et poussiéreux,
éclairé seulement par une petite lucarne. Une
forte odeur de renfermé s'en dégageait. Des
rayonnages jonchés de livres couvraient les
murs. Dans un coin trônait un immense bureau

jonché de vieux papiers jaunis et de bocaux en verre.

Telle était la bibliothèque secrète de l'arrière-arrière-grand-oncle Arthur Spiderwick. La pièce préférée de Jared.

Le garçon jeta un œil sur le tableau suspendu près de l'entrée. Le portrait d'Arthur semblait le fixer avec de petits yeux suspicieux, à moitié cachés par de minuscules lunettes rondes. L'homme n'était pas très vieux. Mais il avait les lèvres pincées et paraissait avoir vécu plusieurs siècles auparavant. «Ou dans un autre monde», pensa Jared.

Il s'empara d'un livre, dans le premier tiroir de gauche :

LE GUIDE ARTHUR SPIDERWICK
DU MONDE MERVEILLEUX QUI VOUS ENTOURE

Il n'avait déniché le chef-d'œuvre de Spiderwick que quelques semaines plus tôt. Cependant, c'était devenu « son » livre. En général, il le gardait sur lui. La nuit, parfois, il le glissait sous son oreiller.

CHAFOUIN

Il l'aurait même apporté à l'école s'il n'avait eu peur qu'on le lui prît.

Soudain, il sursauta en entendant un petit bruit dans le mur.

— Chafouin ? chuchota-t-il.

Était-ce le farfadet de la maison ? Difficile

25

de savoir quand cette étrange créature était dans les parages.

Jared reposa le livre sur le bureau, à côté de son dernier gribouillis : un portrait de son père. Personne, pas même Simon, ne savait que Jared dessinait. Il n'était pas très doué. À vrai dire, il était horriblement mauvais. Mais le *Guide* était conçu pour garder des traces de ce qui se passait. Et, pour garder des traces, Jared allait devoir apprendre à dessiner.

Bien sûr, après l'humiliation qu'il avait subie au collège aujourd'hui, il n'avait pas le cœur à s'en soucier. Il avait plutôt envie de déchirer en mille morceaux le portrait de son père. Cependant, au moment où il s'apprêtait à le faire, un filet de voix s'éleva dans la pièce :

— Prends garde à toi : ne sens-tu point
   Une odeur de peur dans le coin ?

Sur une étagère se tenait un homme minia-

ture, de la taille d'un crayon, coiffé d'un cha-
peau à large bord. Il était vêtu d'un t-shirt de
poupée et d'un pantalon taillé dans une chaussette. Ses petits yeux étaient noirs comme des
scarabées ; son nez était rouge et épaté. Il avait
dans sa main un fil de nylon et une aiguille : son
matériel d'escalade !

— Chafouin ! s'exclama Jared. Qu'est-ce
qui se passe ?

— Seul le temps passe ;
Pas les menaces…

— Quelles menaces ? Tu ne pourrais pas
parler normalement, pour une fois ?

Le farfadet secoua la tête et reprit à sa
manière tarabiscotée :

— Chafouin te conseille ; et toi, tu décides.
Chafouin t'avait dit : « Brûle donc ce
[guide ! »
Tu ne l'as pas fait. Mais as-tu compris

Chafouin, très excité, désignait le bas de la page.

Qu'il faudra bientôt en payer le prix ?

— Et toi, par exemple… as-tu payé tante Lucinda pour la superbe chaussette dans laquelle tu t'es taillé ton pantalon ?

Les yeux du farfadet brillèrent de colère :

— Sache que Chafouin n'est pas là pour
[rire ;
Il est devant toi pour te prévenir :
Voilà les ennuis, attends-toi au pire…

Jared soupira et marcha jusqu'à la lucarne. Il n'avait vraiment pas besoin de nouvelles catastrophes, en ce moment ! Comme d'habitude, il ne comprenait pas Chafouin parfaitement ; mais la dernière phrase du farfadet était claire.

Il embrassa le jardin du regard. Mallory fendait l'air avec son épée. Simon, devant la palissade cassée qui séparait la maison de la forêt, était sans doute en train d'appeler son idiot de

Figaro. Au-delà, de grands arbres barraient le paysage. Plus bas, dans le lointain, une autoroute sinuait parmi les arbres, tel un serpent noir au milieu des bois.

Chafouin se hissa sur le rebord de la fenêtre. Il sembla sur le point de dire quelque chose, puis se ravisa… avant de se décider :

— Vous devez tous être aux abois :

Les gobelins sont dans les bois

Et, pour apaiser leur courroux,

Chafouin ne pourra rien du tout.

Jared sursauta :

— Des gobelins ? Où ça ?

— Tu ne vois pas ? Allons, regarde

Du côté de la palissade…

Jared plissa les yeux et scruta l'endroit que lui indiquait le farfadet. Il vit Simon, droit comme un I. Son frère avait les yeux fixés sur l'herbe. Brusquement, il se mit à se débattre et à se tortiller.

— SIMON ! hurla Jared en essayant d'ouvrir la fenêtre.

Il martela la vitre. Simon ne l'entendit pas. Il luttait contre un ennemi invisible. Un instant plus tard, il disparut.

— Où est-il passé ? demanda Jared. Dis-moi où il est passé !

Un éclair illumina les yeux de Chafouin :

— Oups ! « Courte vue à grande taille »,
    J'avais oublié ce détail !

— Qu'est-ce que ça veut dire ? cria le garçon. Explique !

— Eh bien, le monde merveilleux
    N'est pas visible à tous les yeux…
    Mais peut-être à côté de toi
    Y a-t-il un mode d'emploi…

Jared comprit à quoi faisait allusion

Chafouin. Il se plongea dans le *Guide*. Il en connaissait presque par cœur les dessins, les aquarelles et les commentaires manuscrits de son oncle.

— Là ! s'exclama-t-il.

Le farfadet descendit en rappel sur le bureau.

Jared était tombé sur le passage qui parlait de la Vue. Il parcourut les différentes techniques pour l'obtenir : « Avoir les cheveux roux… être le septième fils d'un septième fils… utiliser du crachat de hobgobelin… se plonger dans un bain de fées… »

Il s'arrêta sur le dernier conseil. Chafouin, très excité, désignait le bas de la page. Une illustration montrait une pierre avec un trou au milieu – une sorte d'anneau. Le farfadet commenta :

— La lunette de pierre, c'est extra.

Quand on veut voir ce qui ne se voit pas !

Il sauta au pied du bureau et courut vers la sortie.

— On n'a pas le temps de chercher des pierres magiques ! protesta Jared.

Pourtant, il n'avait pas le choix : pour sauver Simon, il devait suivre Chafouin…

Dans la remise régnait une odeur d'essence et de moisissure...

Chapitre deuxième

Où il se confirme qu'il est difficile de s'entendre avec un farfadet

Chafouin traversa la pelouse en courant. Dos à la palissade, Mallory continuait de répéter ses mouvements d'escrime, un casque sur les oreilles.

Jared arriva derrière elle et tira sur le fil pour lui arracher les écouteurs. Sa sœur pointa sur lui son épée mouchetée[1] :

1. Une épée est « mouchetée » quand elle a une mouche au bout, c'est-à-dire une sorte de petit capuchon qui évite nombre d'accidents.

— Hé ! Qu'est-ce qui te prend ?

— Simon a été attrapé par les gobelins.

Mallory inspecta les parages du regard :

— Des gobelins ? Où ça ?

Chafouin intervint d'une voix suraiguë :

— Dépêchez ! On n'a pas de temps
    À perdre ! Allez, vite ! En avant !

Jared suivit le farfadet dans la remise.

— SIMON ! cria Mallory.

— Chuuut ! souffla Jared.

Il l'entraîna dans le vieux bâtiment et ferma la porte sur eux.

— *Ils* vont t'entendre, expliqua-t-il.

— Qui ça, « ils » ? rétorqua Mallory. Les gobelins ?

Jared ne répondit pas.

C'était la première fois qu'il pénétrait dans la remise. Il y régnait une odeur d'essence et de moisissure. Une housse protégeait une antique voiture noire. Sur les étagères étaient alignés des bocaux à moitié remplis de liquides jaunes et bruns. Il y avait là des stalles : l'endroit avait servi d'écurie jadis. Dans un coin s'entassaient des coffres et des piles de caisses.

Chafouin escalada un pot de peinture. Il désigna les caisses en couinant :

— D'un moment à l'autre, ils peuvent surgir :
Pressez-vous, ou préparez-vous au pire !

— Mais qu'est-ce qu'on fabrique ici ? s'exclama Mallory. Puisque Simon est aux mains des gobelins, on devrait…

— Regarde ! la coupa Jared.

Il ouvrit le *Guide d'Arthur Spiderwick* et lui montra un dessin :

— Voilà ce que nous cherchons.

— Wouah ! Ça va être facile ! ironisa Mallory. Remarque, si on arrive à dénicher un truc aussi petit, on sera capables de trouver une aiguille dans une botte de foin !

— C'est une lunette de pierre. Elle est sûrement dans l'un des coffres…

Le premier contenait une selle, quelques brides, des brosses, ainsi que d'autres accessoires pour s'occuper des chevaux. Simon aurait adoré. Son frère et sa sœur, eux, avaient d'autres soucis en tête. Ils passèrent au deuxième coffre. Il était plein d'outils usés.

Dans une caisse, ils tombèrent sur de la vaisselle ébréchée enveloppée dans des torchons sales.

— Tante Lucinda ne jette rien de rien ! constata Jared.

Mallory s'attaquait déjà à une petite caisse en bois. Un nuage de poussière se dégagea quand elle ouvrit le couvercle. À l'intérieur étaient conservés des bouts de journaux jaunis. Chacun protégeait un objet : un gros lorgnon métallique, un verre magnifique…

— Hé ! J'en ai un de 1910 ! s'écria la jeune fille.

— Et moi, un autre, beaucoup plus récent. Il date de 1927, remarqua le garçon en déployant la coupure de presse.

Il lut le titre :

— « Une petite fille retrouvée morte dans un puits à sec… » Quelle horreur !

— Celui-ci a été écrit en 1885, enchaîna Mallory. « Un enfant périt, dévoré par un ours, mais son frère en réchappe… » Oh, le frère s'appelle Arthur Spiderwick !

« *La lunette de pierre...*, murmura Jared.
Elle existe vraiment ! »

— Je ne savais même pas qu'il y avait des journaux à l'époque, commenta Jared.

Chafouin s'agita :

— Hé-oh ! Voyez-moi ça !

La voilà ! La voilà !

Il plongea dans la boîte et en ressortit avec un drôle de truc.

— La lunette de pierre…, murmura Jared. Elle existe vraiment !

On aurait dit un très gros lorgnon. Il était muni d'un crochet pour tenir sur le nez. Une chaînette et deux lanières de cuir servaient sans doute à éviter qu'il ne tombât. Quatre attaches métalliques permettaient de maintenir en place des lentilles très spéciales. Mais, le plus spectaculaire, c'étaient les bras articulés avec lesquels on choisissait la lentille à utiliser.

Chafouin laissa Jared s'emparer de l'appareil. Le garçon le tourna et le retourna. Alors,

Chafouin attrapa une pierre polie, trouée au milieu.

Jared tendit la main vers Chafouin. Le farfadet recula d'un pas et l'avertit :

— La lentille ? Nul ne l'enclenche

Avant de montrer patte blanche !

— On n'a pas le temps de jouer, Chafouin, protesta le garçon.

— Hélas, Jared, je le regrette :

Il faut d'abord que tu promettes

De n'user de cette lunette

Qu'à des fins pures et honnêtes.

— Je jure de te la rendre dès que j'aurai retrouvé Simon.

Chafouin fronça les sourcils. Jared précisa :

— Je ne laisserai personne y toucher, sauf Mallory et Simon. Allez ! C'est toi qui as eu l'idée de la lunette, tu ne vas pas changer d'avis maintenant !

Chafouin secoua la tête :

— Je vous connais, petits humains :

   Quand vous dites « oui » le matin,

   Vous dites « non » quand le soir vient,

   Puis : « Je ne me souviens de rien » !

Jared sentit le souffle chaud de la colère se lever en lui. Il n'était pas d'humeur à écouter les énigmes en vers de Chafouin ! Il serra les poings :

— Donne-moi la pierre.

Chafouin ne réagit pas.

— La pierre, répéta Jared. Donne-la-moi, Chafouin. Donne-la *maintenant*.

— Attends, Jared…, murmura Mallory.

Sans l'écouter, il fondit brusquement sur Chafouin, qui se changea aussitôt en lézard… puis en rat. Il mordit la main de Jared avant de prendre la forme d'une anguille humide. La pierre tomba à terre.

Jared posa son pied dessus et laissa filer Chafouin. Le farfadet disparut au moment où Jared s'emparait de la lunette.

— Tu n'aurais peut-être pas dû…, dit sa sœur.

— M'en fiche, grogna Jared en suçant son doigt blessé. L'important, c'est de trouver Simon.

— Tu crois que ça marche, ce truc ?

— Suffit de vérifier !

Jared glissa une lentille dans la lunette, la porta à son œil, se tourna vers la fenêtre… et poussa un cri d'horreur.

« Ils viennent nous chercher ! »

Chapitre troisième

Où Mallory peut enfin faire bon usage de sa rapière

G râce à la lunette, Jared découvrait les gobelins à l'extérieur de l'écurie.

Ils étaient cinq, et encore pires en vrai que sur le dessin : avec une tête de grenouille, totalement chauve, des oreilles de chat déchiquetées, pointant de chaque côté du crâne, des yeux tout blancs, sans pupille, effrayants. Leurs dents étaient faites d'éclats de verre et de petits morceaux de pierre effilés. Leurs corps verts, parsemés de pustules, se mouvaient avec agilité sur la pelouse.

L'une des créatures était dressée sur ses pattes, une branche à la main. Les autres s'avançaient vers la remise, menaçantes comme des molosses. Jared recula précipitamment, manquant de renverser un vieux seau plein d'eau croupie.

— Ils viennent nous chercher ! souffla-t-il.

Mallory serra le pommeau de son épée.

— Et Simon ? demanda-t-elle.

— Je ne l'ai pas vu.

La jeune fille regarda à son tour par la fenêtre :

— Moi, je ne vois *rien*..., grogna-t-elle.

Jared s'accroupit, la lunette dans la main. Il entendait les gobelins à l'extérieur de la cabane. Ils approchaient. Il n'osa pas jeter un autre coup d'œil à travers la lentille.

Soudain, des bouts de bois frappèrent les

murs de l'ancienne écurie. Puis un caillou heurta la fenêtre.

— Ils arrivent, dit Jared d'une toute petite voix.

Il remit le *Guide d'Arthur Spiderwick* dans son sac à dos, sans prendre la peine de le refermer.

— À mon avis, ils sont déjà sur place, rétorqua Mallory.

Les pattes griffues des monstres raclaient les murs. De petits aboiements s'élevaient sous la fenêtre. Jared sentit son ventre se nouer. Il était paralysé. Il eut à peine la force de murmurer :

— On ne doit pas rester ici…

— Courons jusqu'à la maison, suggéra Mallory.

— Impossible !

La vision des griffes et des dents acérées des gobelins avait traumatisé Jared.

— Ils vont entrer d'un instant à l'autre ! insista sa sœur.

Jared acquiesça. Se força à se lever. Fixa la lunette de pierre à son nez. Fit signe qu'il était prêt.

— De une… Et de deux… Et de trois !

Mallory ouvrit la porte à la volée, et fonça

vers la maison, suivie de son frère… et des gobelins. L'un d'eux réussit à s'accrocher au pantalon de Jared. Le garçon crut qu'il allait subir le même sort que Simon, quand son assaillant se retourna pour chercher du soutien.

Jared profita de cet infime instant d'inattention pour se dégager. La créature comprit son erreur et couina de colère. Trop tard : le garçon avait déjà repris sa course.

GOBELIN

Les gobelins l'entraînaient inéluctablement en arrière...

Mallory allait plus vite; elle était presque à la porte de la maison. C'est alors qu'un gobelin bondit, tentant le tout pour le tout. Il agrippa la chemise de Jared et tira. Surpris, le garçon asséna un coup violent sur la tête de la créature, qui n'en tira que plus fort.

Deux autres gobelins, lancés, percutèrent les jambes de Jared. Le garçon parvint à garder son équilibre quelques secondes… puis s'écroula dans l'herbe. La lunette de pierre roula à terre. Et les gobelins entreprirent d'emmener Jared dans la forêt.

Le garçon étendit les bras, balayant le sol autour de lui, à la recherche d'une prise à laquelle se raccrocher. Il n'en trouva pas. Les gobelins l'entraînaient inéluctablement en arrière, sans doute vers leur repaire. Il sentait leurs pattes griffues sur son sac à dos. Il hurla.

Mallory pivota vers lui.

— J'arrive ! cria-t-elle, l'épée au clair.

Elle avait fière allure ! Hélas, elle ne pouvait pas voir les ennemis de son frère.

— Va-t'en ! la supplia Jared. Ils vont nous prendre tous les deux !

Trop tard ! Un gobelin avait dû abandonner Jared pour courir droit à la jeune fille : le bras de celle-ci fit soudain un écart, et des traces rouges apparurent là où la créature l'avait griffée. Les écouteurs de son baladeur pendouillaient lamentablement.

Mallory serra les dents et plaça une botte[1] au jugé. Sans effet. L'épée tournoya une nouvelle fois, mais Mallory frappait à l'aveuglette… et en vain.

1. Placer une botte, en escrime, c'est porter un coup ou une série de coups avec son arme.

Les gobelins les entouraient.

Pendant ce temps, Jared se débattait. Un coup de pied désarçonna une créature. Le garçon sentit que ses ennemis avaient relâché leur prise. Vite, il en profita pour ramper vers la maison. Le contenu de son sac à dos se répandit sur le sol.

D'une main, Jared agrippa le *Guide d'Arthur Spiderwick*; de l'autre, il attrapa la lunette de pierre, la mit sur son nez et regarda en direction de Mallory.

— Attention, en face de toi ! cria-t-il.

Mallory frappa devant elle. Le gobelin touché glapit de douleur. L'épée avait beau être mouchetée, un bon coup sur ces faces de crapaud était loin de leur être agréable. Aussitôt, les gobelins se jetèrent au secours de leur compagnon, abandonnant leur proie.

— Vise à ras de terre ! hurla Jared. Ils sont plus petits que tu ne crois !

Le garçon se remit debout et sauta par-dessus les monstres pour rejoindre sa sœur. Les gobelins les entouraient, immobiles. Soudain, l'un d'eux se lança à l'assaut.

— Ennemi sur ta gauche ! signala Jared.

La rapière[1] de Mallory fendit l'air et toucha au but. La créature vacilla, sonnée. Alors, ses partenaires se ruèrent à l'assaut presque simultanément, et Jared se mit à crier en continu :

— Ennemi en face ! À droite ! Un peu à gauche !

Les attaques étaient trop rapides pour

1. Une rapière peut désigner une épée longue... ou n'importe quelle épée !

Mallory. Jared brandit donc son guide adoré et entreprit d'assommer les sales bestioles pour aider sa sœur. Son premier coup porta, envoyant rouler le gobelin à quelques mètres.

En se fiant aux halètements des créatures, Mallory frappait avec une précision toujours plus grande.

Les monstres n'abandonnaient pas pour autant. Leurs dents de verre et de pierre grinçaient. Leurs mâchoires claquaient, féroces. On aurait dit que les coups, au lieu de les démoraliser, les stimulaient.

C'est alors qu'un bruit étrange, entre l'aboiement et le sifflement, retentit. Aussitôt, les gobelins refluèrent. Quelqu'un sonnait la retraite. Mallory et son frère étaient sauvés.

Jared s'effon-
dra sur la pelouse,
à bout de souffle.

— Ils sont par-
tis, dit-il en ten-
dant la lunette de
pierre à sa sœur.
Regarde !

Mallory jeta un coup
d'œil à travers le prisme et
grogna :

— Je ne vois rien.

— Ils vont revenir. Tiens, lis ça.

Jared lui tendit le *Guide*, et la jeune fille lut à
haute voix :

*« Les gobelins aiment la bagarre. C'est pourquoi
ils se déplacent en bandes. On peut deviner leur présence
lorsque disparaissent des animaux domestiques, tels
que les chats et les chiens. »*

Il était grand temps de voler au secours de Simon.

— Figaro ! s'exclama Jared. Voilà pourquoi cette boule de poils ambulante a disparu !

Mallory continua :

« *Les gobelins naissent édentés. En conséquence, ils garnissent leurs mâchoires de fausses dents : crocs d'autres animaux, pierres effilées, morceaux de verre...* »

— Tout ça ne nous dit pas comment les arrêter, remarqua Jared. Ni comment retrouver Simon...

Mallory ne leva pas les yeux de sa lecture.

Son frère se demanda pourquoi les gobelins s'étaient encombrés de Simon. Il se doutait du sort que ces créatures réservaient à Figaro. Mais ils n'allaient quand même pas *manger* Simon !

Ses yeux tombèrent sur les horribles dents du monstre dessiné par Arthur Spiderwick. Non, ce n'était pas des crocs de mangeurs d'hommes. Il y avait probablement une autre explication.

Mallory prit une grande inspiration et désigna le croquis du gobelin exécuté par Arthur Spiderwick.

— La nuit va bientôt tomber. Avec les yeux qu'ils ont, je parie qu'ils voient mieux que nous dans l'obscurité.

Jared acquiesça et pensa qu'il faudrait noter cette idée dans le *Guide…* quand Simon serait de retour.

Il saisit la lunette de pierre afin d'y replacer la lentille.

— Elle ne marche pas, constata-t-il.

— Les attaches sont desserrées, fit observer Mallory. Ça s'arrangera avec un tournevis.

Jared plongea la main dans sa poche arrière de pantalon. Il y pêcha un petit couteau avec loupe, lame, lime, ciseaux et tournevis cruci-

forme. Il y avait même eu jadis un cure-dents.
Le grand luxe !

Le garçon revissa la lunette avec mille précautions. Mallory l'aida à la fixer d'abord sur son nez, puis derrière l'oreille avec les lanières de cuir. Jared devait encore plisser les yeux pour ajuster sa vision, mais c'était beaucoup mieux.

— Ne bouge pas ! dit sa sœur en s'éloignant.

Elle revint rapidement avec une de ses vieilles épées. Jared la prit. Il n'était pas versé dans l'escrime ; mais se savoir armé le rassurait. Il remit le *Guide* dans son sac à dos qu'il referma, et brandit son épée. Suivi par Mallory, il s'engagea dans les bois.

Il était grand temps de voler au secours de Simon.

Dans les bois, l'atmosphère était différente.

Chapitre quatrième

Où Jared et Mallory volent de découverte en découverte sans trouver ce qu'ils recherchent

Jared frissonna. Dans les bois, l'atmosphère était différente. Il faisait plus frais. L'endroit exhalait une odeur de feuilles et de terre plutôt agréable, mais il y régnait une pénombre peu rassurante.

Un oiseau se mit à piailler – on aurait dit un cri d'alarme. La mousse rendait le sentier glissant. Le moindre bruit paraissait cacher un danger : le craquement d'une brindille, le murmure de l'eau dans le lointain...

Un éclair brun coupa un instant la route à Mallory et à son frère. Une chouette ! Elle venait de repérer un mulot et fondait sur lui. Une seconde plus tard, elle reprenait son vol, la petite souris entre les serres.

Mallory se fraya un chemin à travers les fourrés. Jared la suivait. Des branches s'accrochaient à leurs vêtements et à leurs cheveux. Ils longeaient des arbres morts qui grouillaient d'insectes noirs.

Avec sa lunette de pierre, Jared voyait le monde différemment : tout était plus clair, plus lumineux. Mais il n'y avait pas que ça. Des formes bougeaient dans l'herbe et dans les arbres. Il ne parvenait pas cependant à les distinguer.

Pour la première fois, il avait conscience que la forêt était habitée par des silhouettes d'écorce, de pierre, et de mousse. À peine apparues, elles s'évanouissaient. Les bois prenaient vie sous les yeux inquiets du garçon.

— Regarde ! s'exclama Mallory en désignant un parterre de branches brisées. C'est par là qu'ils sont passés.

Jared sur ses talons, elle gagna un chemin couvert de mauvaises herbes. Au fur et à mesure, l'obscurité s'épaississait. Plus les enfants s'enfonçaient dans la forêt, plus le bruissement s'amplifiait… et plus leur angoisse croissait. Un léger craquement de brindilles pouvait annoncer une attaque imminente de gobelins. Un simple souffle d'air risquait de trahir la présence de Jared et de sa sœur.

Les enfants Grace arrivèrent devant une rivière. Des moucherons vinrent voleter autour d'eux avant de filer vers le cours d'eau. Les arbres hauts filtraient les rayons du soleil, diffusant une lueur rouge orangée angoissante.

— Bon, et maintenant? s'enquit la jeune fille. C'est quoi, la suite du programme?

Jared plissa les yeux. Puis il secoua la tête:

— Je ne vois rien de spécial. On n'a qu'à longer la rivière pour retrouver les traces plus loin…

Ils reprirent leur marche. Soudain, Jared désigna un énorme chêne.

— Attends, Mallory! murmura Jared.

De toutes petites créatures vert et brun étaient perchées sur une de ses branches. Le plus incroyable, c'est qu'elles ressemblaient à des humains miniatures! Seulement, de l'herbe et des bourgeons avaient poussé à la place des cheveux.

— Il y a des lutins…, souffla Jared. Enfin, je crois que ce sont des lutins…

— Et alors ? rétorqua sa sœur. Pourquoi tu fais cette tête d'abruti ?

— Ils sont tellement… tellement…

L'une des créatures vint se poser au bout de son doigt.

Il n'arrivait pas à trouver les mots justes !

Jared étendit la main. L'une des créatures lumineuses vint poser ses petits pieds tout doux au bout de son doigt. Le garçon frissonna en voyant le lutin l'observer de ses yeux noirs.

— Hé, Jared ! grogna Mallory. On y va, ou quoi ?

Effrayé, le lutin prit son envol et gagna les feuillages au-dessus des enfants. Jared et Mallory repartirent.

Plus loin, la rivière s'élargissait et passait sous un pont de pierre en ruine. Nulle trace de gobelins. Cependant, à quelques mètres à peine, une forme noire semblait émerger des profondeurs. Un bruit retentit de l'autre côté de la rivière. Comme si quelqu'un grattait contre le métal…

— Oh! Tu as entendu ça? demanda Mallory.

— Tu crois que c'est Simon? s'enquit Jared.

Il espérait bien que non. Le bruit n'avait rien d'humain!

— Aucune idée, avoua sa sœur. Mais je parie que ça a un rapport avec les gobelins! Allons-y!

Et Mallory se précipita vers la rivière.

— N'y va pas! protesta son frère. Tu vas te noyer!

— Pfff… Ne fais pas ton bébé!

Elle s'engagea dans l'eau d'un pas décidé… et disparut sous l'eau glacée.

Jared ne perdit pas une seconde. Il jeta son épée sur la berge et plongea la main dans

Quelque chose d'énorme émergea...

le courant. Mallory la saisit. Elle avait presque regagné la terre ferme quand *quelque chose* d'énorme émergea.

Au début, la chose n'était que mousse et pierre. Ensuite, cela prit forme : une tête couverte d'algues et ruisselante de boue apparut. Elle avait des petits yeux noirs, un nez tordu comme un cep de vigne, et une bouche édentée.

Soudain, une main gigantesque surgit, puis une autre. Les doigts de la chose étaient longs et noueux comme des racines et se terminaient

par des ongles noirs de vase. La chose dégageait une odeur de feuilles moisies et de vase.

Jared poussa un cri d'horreur. Il était terri-
fié. La panique le clouait sur place. Il se sentait
incapable de fuir ou même de penser.

Mallory se dépêcha de sortir complètement
de l'eau.

— Qu'est-ce que c'est ? demanda-t-elle.
Qu'est-ce que tu vois ?

Vite, vite, Jared s'éloigna et entraîna sa
sœur avec lui.

— Un troll des marais ! lâcha-t-il. Fuyons !

La chose allongea ses doigts vers ses proies.
Ils ne raclèrent que la terre : un bond de côté
avait permis aux enfants de les éviter de jus-
tesse. La chose gronda, furieuse, puis poussa un
couinement perçant. Jared jeta un coup d'œil
par-dessus son épaule.

— Je pense qu'un rayon du soleil est passé à travers les feuillages et l'a brûlé ! expliqua Jared à Mallory. Les trolls des marais ne supportent pas le soleil.

— Alors, profitons-en pour…

— Aaattendez…, la coupa une voix douce. Aaattendez…

Les yeux jaunes du monstre fixaient les enfants.

— Reeevenez… J'ai quelque chooose pour vououous…

— Qui vient de parler ? s'étonna la jeune fille. Je ne vois rien !

— Le troll…, souffla Jared.

Le monstre tendit une main fermée vers eux, comme s'il tenait un objet dans sa paume.

— Mon frère est-il passé par ici ? demanda Jared.

— À qui tu parles, Jared? protesta Mallory. Il est où, ton troll?

— Peut-êêêtre que je l'ai entenduuu, reconnut le troll sans écouter la jeune fille, mais le soleil était trooop haut pour que je sooorte de l'eau...

— Tu l'as entendu! s'exclama Jared. C'était forcément lui! Où l'ont-ils emmené?

Le monstre regarda le pont en ruine et susurra:

— Je suis siii vieux, ma voix est siii faible... Approoooche-toi et je te le diiirai.

— Pas question! dit Jared en reculant d'un pas.

— Et ton épééée? Tu ne vas pas me laisser ton épééée! Approoooche-toi pour la reprendre...

— On n'a qu'à y aller, suggéra la jeune fille. C'est notre seule arme.

— Ouiii, approoooche-toi, toi aussiii ! Je fermerai les yeux, si cela te rassuuure…

Le troll posa sa main gigantesque sur ses paupières infectées.

Mallory regardait l'épée avec envie. Jared comprit qu'elle allait se laisser tenter. Il n'y avait qu'une manière de l'en empêcher.

— Tiens, prends ça ! dit-il à sa sœur.

Et il lui tendit la lunette de pierre.

Mallory la prit. Elle vit l'énorme créature qui l'observait entre ses doigts ; blêmit ; trembla ; puis conclut d'une voix rauque :

— Tu as raison… Filons !

— Non, ne paaartez pas ! supplia le troll. Reeevenez ! Je me tournerai… Je compterai jusqu'à diiix… Vous aurez votre chance… Reeevenez !

Jared et Mallory coururent à perdre haleine jusqu'à ce qu'ils trouvent une petite clairière où le soleil s'attardait encore.

Là, appuyés contre le tronc frêle d'un chêne, ils reprirent leur souffle. Mallory tremblait. Était-ce l'effet d'être trempée jusqu'aux os ou d'avoir vu le troll? Jared n'aurait su le dire. Dans le doute, il ôta son survêtement et le lui tendit.

— Nous sommes perdus, grogna Mallory en claquant des dents. Et nous n'avons plus d'armes.

— Au moins, nous savons qu'ils sont de ce côté-ci de la rivière, fit observer son frère en remettant la lunette de pierre sur son nez. Ils n'ont pas pu franchir le cours d'eau. Le troll les aurait attrapés.

« On dirait une chaussure de Simon ! »

— Mais le son venait de l'autre côté ! Pourquoi crois-tu que j'ai voulu traverser ?

— En tout cas, je… Hé ! Tu sens *ça* ?

Une légère odeur de brûlé montait, non loin de là.

— Par ici ! s'exclama Mallory.

Ils suivirent l'odeur à la trace, fendant les buissons sans prêter attention aux ronces qui leur écorchaient les mains et les bras.

— Oh ! Regarde ! s'écria Jared. On dirait une chaussure de Simon !

Le garçon s'empara de l'objet couvert de boue. La chaussure appartenait bel et bien à Simon. Mallory et lui l'examinèrent sans y repérer aucun nouvel indice.

— J'espère qu'il n'est pas m…, commença Jared.

Mallory l'interrompit :

— Non, mais il doit avoir drôlement besoin de nous !

Et elle se remit aussitôt à marcher.

Peu à peu, la végétation devint moins dense ; les fourrés s'éclaircirent. Les enfants se retrouvèrent au bord d'une grande route. C'était l'autoroute que Simon avait vue par la fenêtre de la bibliothèque d'Arthur Spiderwick !

Le jour touchait à sa fin. Le soleil jetait ses derniers rayons orangés.

À l'orée de la forêt, non loin de l'autoroute, Jared et Mallory entendirent des crépitements. Ils aperçurent le halo chaleureux d'un feu de camp. Quelle idée *très* curieuse d'en faire un ici !

Les enfants s'avancèrent avec méfiance, et Jared ne tarda pas à avoir confirmation de ce qu'il redoutait. Autour des flammes se réchauffaient les gobelins qui les avaient attaqués tout à l'heure !

De sinistres guirlandes tintinnabulaient.

Chapitre cinquième

Où le mystère du chat disparu
est résolu... hélas !

Jared et Mallory s'approchèrent des gobelins avec précaution. Des éclats de verre
et des osselets jonchaient le sol. Dans les
branches des arbres étaient suspendus des sacs
en plastique, des cages construites avec des
ronces et d'autres détritus ! De sinistres guirlandes de canettes tintinnabulaient au rythme
du vent.

Dix gobelins étaient assis autour du feu. Au-
dessus du foyer, empalé sur une broche, il y
avait un corps noirci qui ressemblait fort à un

« Écorche-le, ôte le gras... »

chat. De temps à autre, un gobelin s'approchait pour lécher la viande en train de se carboniser… et se faisait vertement rabrouer par celui qui était chargé de tourner le rôti. Aussitôt, tous les gobelins en venaient à s'interpeller.

En attendant que le repas soit prêt, quelques-uns d'entre eux entamèrent une chanson :

> *Et hop, et hop !*
> *Attrape un chien, attrape un chat,*
> *Écorche-le, ôte le gras,*
> *Puis rôtis-le pour ton repas :*
> *Il n'y a pas meilleur que ça !*
> *Et hop, et hop !*

Le bruit des voitures était tout proche. Jared pensa que l'une d'elles était peut-être celle de sa mère !

Mallory s'empara d'une grosse branche et demanda à voix basse :

— Combien sont-ils ?

— Dix, répondit Jared. Mais je ne vois pas Simon…

— Donne-moi la lunette de pierre.

— Non, pas maintenant. J'essaye de repérer dans quelle cage ils ont pu mettre Simon.

Les enfants Grace se faufilèrent entre les arbres en cherchant Simon. Ils s'approchèrent ainsi de l'orée de la forêt. Jared poussa un cri.

Il venait de découvrir un animal de la taille d'une voiture, replié sur lui-même. Il avait la tête d'un rapace et le corps d'un lion. Ses flancs étaient zébrés de sang.

— Un griffon blessé ! s'exclama le garçon.

— Un quoi ? s'étonna sa sœur, qui ne distinguait qu'une forme imprécise.

— Un griffon. C'est une sorte d'oiseau qui… Bon, enfin, il vaut mieux rester à l'écart.

Mallory soupira, agacée, mais suivit le conseil de son frère. Ils scrutèrent de nouveau les cages.

— Là ! s'écria soudain la jeune fille.

Jared leva la tête. De grandes cages avaient été accrochées en haut des arbres. Dans l'une d'elles se découpait une forme humaine. C'était sans doute Simon !

— Je monte le libérer, annonça Jared.

— Fais vite !

Jared posa un pied sur une branche basse. Trouva une prise. Se hissa sur la branche supérieure. Tira sur ses bras. Gagna de la hauteur. Vit, dans les premières cages, des écureuils, des chats, des oiseaux. Certains animaux tentaient de se libérer en mordant leurs barreaux. D'autres ne bougeaient plus. Jared avisa dans chaque prison une plante qu'il reconnut : du sumac vénéneux, un poison terrible pour ces petits êtres. D'ailleurs, dans quelques cages, il n'y avait plus que des squelettes…

— Hou-hou, poussinet à ressort !

La voix fit sursauter Jared. Surpris, le garçon manqua de tomber ! Elle provenait de l'une des grandes cages.

— Qui m'a appelé ?

— C'est moi, Tête-de-lard. Bon, alors, tu m'ouvres la porte ?

Jared regarda son interlocuteur : un gobelin aux yeux verts de chat, habillé d'une sorte d'imperméable. Les dents du monstre n'étaient ni en verre, ni en métal : on aurait dit des dents de lait !

— Je ne pense pas que ce soit une bonne idée, dit Jared.

— Allons, demicervelle, tu n'as pas le choix. Si je hurle, tu serviras de dessert à nos petits amis.

TÊTE-DE-LARD

— Tu dois crier tout le temps ! Ils n'y prêteront pas attention.

— Tant pis pour toi, conclut Tête-de-lard. AU SECOURS ! UNE ESPÈCE DE…

— Tais-toi ! souffla Jared en s'approchant de la cage.

Un moment de silence s'ensuivit.

Le garçon constata, rassuré, que les gobelins ne semblaient pas avoir entendu.

— D'accord, tu as gagné, grommela-t-il. Mais dis-moi où est mon frère.

— Libère-moi.

— Dis-moi où est mon frère *d'abord*. Après, j'ouvrirai ta prison.

— Prends-moi pour une pomme pourrie, gamin à pois rouges ! Je te rappelle que tu n'as pas le choix. Ou tu me laisses sortir illico, ou je CRIE !

— Jared ! Je suis là !

C'était la voix de Simon ! Jared aperçut son frère.

— J'arrive ! lança-t-il.

— Hep ! Tu m'ouvres ou je CRIE ! menaça de nouveau Tête-de-lard.

« Ça va ? » demanda Jared.

Jared prit une profonde inspiration :

— Tu ne le feras pas, Tête-de-lard.

— Chiche ?

— Non, pas chiche : si tu couines, ils vont venir et m'attraper. Et qui te délivrera ? Personne.

Le gobelin réfléchit un instant.

— Je vais libérer mon frère en premier. Ensuite, je te libérerai, toi.

Tête-de-lard opina en maugréant. Le raisonnement de Jared se tenait.

Soulagé, le garçon rampa le long de la branche pour rejoindre Simon. Il était enfermé dans une cage trop petite pour lui : ses pieds en sortaient !

Jared dégaina son couteau de poche et entreprit de couper les barreaux épineux.

— Ça va ? demanda-t-il.

— Oui..., répondit Simon, la voix un peu tremblante.

— Je suis désolé pour Figaro. J'aurais dû t'aider à le chercher.

— Ce n'est pas ta faute. Mais, tu sais, je...

— Hé ! Faces de tortue ! intervint Tête-de-lard. Vous me libérez ou je crie pour de bon ?

— Viens, Simon, dit Jared, je lui ai promis de l'aider.

— L'aider ? Qui ça ?

— Le gobelin.

— Un gobelin ? Ici ? Tu es fou ?

— Vous voulez que je vous crache dans l'œil ? proposa Tête-de-lard.

Simon grimaça :

— Non, merci...

— Cela vous donnera la Vue, pâtés de crabe ! Tenez...

La créature cracha dans un mouchoir qu'il sortit de sa poche.

— Frottez-vous les yeux avec ça, ordonna-t-il.

Jared hésita. Pouvait-il faire confiance à un gobelin ? Il se décida. Si Simon ne voyait pas Tête-de-lard de ses yeux, il le laisserait prisonnier des autres gobelins ; et si Tête-de-lard n'avait rien fait de mal, ce ne serait pas juste !

Jared ôta sa lunette de pierre et, malgré son dégoût, passa le mouchoir du gobelin sur ses yeux. Il sentit des picotements.

— Beurk ! commenta Simon.

Jared rouvrit les paupières. Et il vit les gobelins sans la lunette de pierre.

— Ça marche ! annonça-t-il à son frère.

Simon eut l'air sceptique, mais il se passa à son tour le mouchoir sur les yeux.

— Aaaargh ! lâcha-t-il en voyant à quoi ressemblait Tête-de-lard.

— Maintenant, laissez-moi sortir, exigea celui-ci.

— Dis-nous d'abord ce que tu fais ici, rétorqua Jared.

— Grrr… C'est à cause des chats. J'aime les chats. Et pas seulement dans mon assiette, quoiqu'ils fondent délicieusement sous la langue ! Mais bon, ils nous ressemblent un peu, quand même. Alors, quand j'ai vu cette petite chatte, je l'ai libérée. Elle était toute petite… toute mignonne… et elle miaulait avec une telle douceur…

Il ferma les yeux, comme pour mieux se la remémorer. Puis il fixa Jared :

— Bon, allez, ça suffit. Ouvre la porte.

— Et tes dents ? demanda le garçon. D'où elles viennent ?

— Commence à couper les barreaux, oiseau sans plume, et je te raconterai.

Jared s'exécuta.

— C'est grâce aux petits humains. Quand

ils perdent une dent, ils la placent sous leur oreiller.

Tête-de-lard éclata de rire :

— S'ils savaient à quoi ressemble la fée des dents, ils feraient une drôle de tête !

Jared terminait de libérer le gobelin aux yeux de chat quand le griffon poussa un cri strident.

Quatre gobelins l'entouraient avec des bâtons. L'animal paraissait trop faible pour se redresser… mais gardait assez de force pour se défendre contre un gobelin s'il se montrait trop dangereux.

L'une des créatures tenta de le frapper à la tête. Un coup de bec lui trancha le bras. Aussitôt, deux autres gobelins abattirent leurs bâtons violemment sur le dos du griffon, lui arrachant un grognement de douleur. Puis ils

se reculèrent sous les hourras de leurs congé-
nères.

— Qu'est-ce qu'ils fabriquent ? murmura
Jared.

— Ben… Ça se voit, non ? répondit Tête-
de-lard. Ils attendent qu'il arrête de se
défendre.

— Ils veulent le tuer ? traduisit Simon.
Mais… Mais…

Les yeux du garçon s'agrandirent. C'était la
première fois qu'il contemplait un combat entre
créatures féériques. Il arracha des feuilles et
des petits rameaux aux branches. Avant que
Jared pût l'en empêcher, il les jeta sur les gobelins en hurlant :

— Sales lâches ! Immondes personnages !
Laissez-le tranquille !

Tous les gobelins levèrent les yeux en même
temps vers Simon.

— Tu n'aurais pas dû, protesta Tête-de-lard d'une voix blanche. Tu n'aurais surtout pas dû !

« Hé-oh! cria Tête-de-lard. Je suis là! »

Chapitre sixième

Où Jared doit faire
un choix très difficile

J ared chercha une arme. Il n'en trouva pas, hormis son petit couteau. Simon arracha d'autres bouts de branches pour se défendre. Ce seraient des armes bien dérisoires face aux gobelins ! Ceux-ci avaient entrepris d'encercler l'arbre.

Tête-de-lard, lui, ne s'attarda pas. Il abandonna ses libérateurs en bondissant d'arbre en arbre.

Les enfants Grace étaient pris au piège. S'ils descendaient de l'arbre, leurs ennemis n'en feraient qu'une bouchée. Quant à Mallory…

Elle était quelque part dans l'obscurité, sans épée et incapable de voir ses adversaires !

— Il faut sauver les autres animaux ! décida Simon.

— On n'a pas le temps de s'en occuper, rétorqua son frère.

Soudain, la voix de Tête-de-lard s'éleva :

— Hé-oh ! Gros arachnides sans pattes ! Je suis là !

Les jumeaux Grace regardèrent dans sa direction. Mais ce n'était pas à eux que le gobelin s'adressait. Il sautillait autour du feu de camp en dégustant une cuisse du chat rôti.

— Faces de crapauds ! continua-t-il. Quadruples buses ! Têtes de crânes ! Bouillie de cervelle moisie !

Et il se mit à uriner sur le feu.

Les autres gobelins se précipitèrent à sa poursuite.

— Maintenant ! s'écria Jared.

Les garçons descendirent de l'arbre à toute vitesse. Mallory était là, son bâton à la main.

— J'ai entendu qu'ils étaient dans le coin, mais je ne vois rien…, expliqua-t-elle.

Jared lui tendit la lunette de pierre :

— Mets-la !

— Et toi ?

— Pas besoin.

Mallory sentit que ce n'était pas le moment de réclamer des explications. Elle obéit. Puis elle tendit à Simon la chaussure qu'il avait perdue.

Tous les trois s'éloignaient déjà quand Jared jeta un œil en arrière. Tête-de-lard était cerné, comme le griffon, quelques minutes plus tôt. Les enfants ne pouvaient pas l'abandonner ainsi. À son tour, Jared cria :

— À la prochaine, crapauds visqueux !

Les gobelins avisèrent les enfants et se

jetèrent sur leurs traces. Mais le trio avait plusieurs longueurs d'avance sur eux.

— On va où ? demanda Simon, haletant.

— À la rivière ! annonça Jared. C'est notre seule chance !

Il pensait au troll. Le monstre n'aurait aucun problème à arrêter une dizaine de gobelins. La seule question était : comment *eux* réussiraient-ils à l'éviter ?

— Tu es fou ? s'inquiéta Mallory. On ne passera jamais !

Jared ignora le propos. Il réfléchissait plus vite qu'il avait jamais réfléchi : « Chaque problème en son temps. Le premier, c'est les gobelins. Pour leur échapper, il faut les mener au troll. » Voilà son plan !

Jared prit la tête du trio et fonça vers la berge. Leurs poursuivants étaient encore loin.

C'est alors que le troll apparut. Profitant de l'obscurité, il était complètement sorti de l'eau.

Il attendait sur la rive. Ses yeux, ses dents, son grand corps humide brillaient au clair de lune. Même voûté, il devait mesurer plus de trente mètres de haut.

— Oooh, la chance est avec moi, cette nuiiit…, grommela-t-il.

Un sourire découvrit ses dents pourries quand il étendit lentement un bras immense vers les enfants.

— Attends ! hurla Jared.

Le bras avançait toujours. Le monstre ne semblait pas du tout décidé à attendre !

— Écoute ce qui s'approche ! Ce sont dix gobelins. Dix gros gobelins dodus à souhait. Meilleurs que trois enfants maigrichons, n'est-ce pas ?

Le bras s'arrêta. Le monstre hésitait. Le

Il attendait sur la rive.

Guide d'Arthur Spiderwick précisait bien que les trolls n'étaient pas très intelligents. Jared espéra qu'il ne se trompait pas !

— Retourne dans la rivière et nous te les amènerons, dit-il. Je t'en fais la promesse.

— Diiix gooobelins doduuus ? reprit la créature en plissant ses yeux jaunâtres.

— Oui.

— D'accooord !

— Dépêche-toi ! Ils arrivent !

Le troll retourna dans l'eau et s'enfonça presque à la seconde.

— Qu'est-ce que… Qu'est-ce que c'était que *ça* ? bégaya Simon, choqué.

— Un troll des marais. Allez, suivez-moi !

Jared s'engagea dans l'eau en expliquant :

— Nous allons passer là où l'eau est peu profonde. Comme ça, les gobelins se précipiteront dans la rivière… et ils seront happés par le troll !

— Tu es fou ! protesta sa grande sœur.

— S'il te plaît, Mallory, fais-moi confiance.

— On ne peut pas rester là ! intervint Simon.

— D'accord, d'accord, grommela sa sœur.

Et elle trottina derrière Jared sur les bords boueux de la rivière.

L'instant d'après, les gobelins jaillissaient des bois tout proches. Les enfants Grace accélérèrent.

— Ne vous retournez pas, courez ! conseilla Jared.

— Qu'est-ce que tu crois qu'on fait ? protesta Mallory.

Les aboiements furieux des gobelins leur parvinrent… suivis de piaillements paniqués. Le troll était passé à l'action. D'autres aboiements suivirent : certains gobelins avaient dû échapper au monstre.

Les enfants Grace sortirent en vitesse de l'eau. Ils s'éloignèrent de la rivière et s'arrêtèrent pour reprendre leur souffle. Ils tremblaient de froid, de peur… et d'écœurement : ce qui venait de se passer était horrible !

— À la maison, dit Mallory.

Jared acquiesça. Mais Simon s'offusqua :

— À la maison ? Ça va pas ? On ne va quand même pas abandonner tous les pauvres petits animaux qu'on n'a pas eu le temps de sauver ?

Mme Grace devait être folle d'inquiétude !

Chapitre septième

Où Simon finit par l'emporter et par se trouver un nouvel animal de compagnie

Mallory fixa Simon avec de gros yeux :

— Tu plaisantes, j'imagine ?

— On ne peut pas laisser mourir les animaux en cage. Ni le griffon : il saignait !

— Tu veux *aussi* sauver le griffon ? s'exclama Jared. Et comment ? Tu es capable de soigner les créatures magiques, peut-être ?

— Je ne sais pas, je n'ai jamais essayé, rétorqua son jumeau.

Jared soupira. Il sentait que Simon ne céderait pas. Si Mallory et lui n'acceptaient pas de l'aider, son frère irait affronter seul les dangers de la forêt.

— On n'a qu'à prendre la housse dans la remise, suggéra Simon. On mettra le griffon dessus pour le ramener à l'abri. Il y a plein de place, là-dedans, et maman n'y vient jamais.

— Trop dangereux, répliqua sa sœur. Le griffon ne m'inspire pas confiance. Et si on rencontre des gobelins, qu'est-ce qu'on fait ?

— Allez, Mallory, avec toi, tout se passera bien ! Viens avec nous !

La jeune fille hésita un moment, avant de capituler :

— Mais je vous préviens : je ne m'approche pas de la tête du monstre !

Les enfants avancèrent doucement vers leur maison. Plusieurs pièces étaient allumées. La voiture était garée dans l'allée. Mme Grace devait être folle d'inquiétude ! Jared aurait bien aimé aller la rassurer, mais pas question.

Il suivit Simon et Mallory dans la réserve, et il les aida à s'emparer de la housse.

— Wouah ! s'écria soudain Simon. Regardez ! Une torche !

Il prit la lampe sur une étagère. Mallory bondit :

— N'allume pas ! Si maman nous voit, tu peux dire adieu à ton griffon chéri !

Simon acquiesça.

Guidés par la lueur de la pleine lune, ils reprirent ensemble le chemin des bois, encombrés de

leur housse. Pas facile de savoir quelle route suivre ! D'autant que l'atmosphère était étouffante. Dans l'obscurité, difficile de voir venir les ennemis ! Les enfants craignaient qu'un monstre ne surgît des fourrés à tout instant. Un monstre pire qu'un gobelin ou qu'un troll, pourquoi pas ? En cherchant dans le *Guide*, on en découvrirait sûrement !

Cependant, ils arrivèrent au camp des gobelins sans faire de mauvaise rencontre. Et là, devant le feu, quelqu'un se chauffait en dégustant un mulot grillé au bout d'une branche.

— Tête-de-lard ! s'exclama Jared.

— « Tête-de-lard », c'est tout ? s'étonna le gobelin. Tu pourrais me montrer un peu de reconnaissance, cuisse de crevette ! N'oublie pas que je t'ai sauvé la vie.

— Nous aussi, nous t'avons sauvé la vie ! protesta le garçon.

— Je vous avais montré l'exemple.

— Jared, trancha Mallory, tu t'occupes des animaux avec Simon. Je surveille ce gobelin.

— Je ne suis pas un gobelin : je suis un hobgobelin[1], nuance, poil de macaque !

1. Les hobgobelins sont en général des amis de l'homme.

117

Simon et Jared se dépêchèrent de grimper aux arbres pour libérer les animaux. Ceux-ci filaient dès que leur cage était ouverte, aussi effrayés que si les enfants avaient été des gobelins. Seul un petit chaton refusa de bouger. Il miaulait tristement, immobile. Jared le prit, le mit dans son sac et continua d'ouvrir les cages.

Le chaton eut son petit succès: Tête-de-lard sembla tout ému en le voyant; et Simon décida de l'adopter. «Si ça pouvait lui faire

118

oublier le griffon… », pensa Jared. Mais non. Quand toutes les cages furent vides, Simon se précipita vers la grande créature.

— Attention ! l'avertit Mallory. Un animal blessé attaque parfois sans raison !

— Donc, parfois, il n'attaque pas, répondit Simon en avançant vers le griffon d'un pas tranquille. Un jour, j'ai recueilli un rat blessé.

— Et il ne t'a pas mordu ? s'étonna Tête-de-lard.

— Si, mais seulement quand il a été guéri.

— Eh bien, à ta place, je me méfierais de ce monstre, reprit le hobgobelin. Cela dit, si vous voulez que je m'occupe du chaton en attendant…

— Tu veux du ketchup pour l'assaisonner, tant qu'on y est ? grogna Mallory entre ses dents.

Jared sourit. Pour une fois que sa sœur était de son côté !

— Au fait, Tête-de-lard, si tu crachais dans les yeux de Mallory ? proposa-t-il.

— Quoi ? cria la jeune fille.

— Tu n'auras plus besoin de la lunette de pierre, expliqua le garçon. Le crachat de gobelin…

— De *hob*gobelin, rectifia Tête-de-lard.

— … de hobgobelin te permet de voir les créatures magiques sans lunette !

— Et dis-moi, Jared, reprit Mallory, quand tu penses à des choses aussi horripilantes que du crachat de gobelin…

— De *hob*gobelin…

— … tu n'as pas du tout envie de vomir ?

— C'est tellement plus pratique que d'avoir toujours une espèce de machin devant l'œil !

120

— Mais combien de temps ça marche, ton crachat de gobelin ?

— De *hob*gobelin…

Jared hésita :

— Euh… Je… Tête-de-lard va te l'expliquer.

« *Nous ne te voulons pas de mal* », *dit Simon.*

— Jusqu'à ce que quelqu'un te crève les yeux, intervint la créature.

Jared feignit l'enthousiasme :

— Wouah ! Génial ! Alors, Mallory ? Qu'est-ce que t'en penses ?

La jeune fille secoua la tête avant de s'agenouiller.

— Vas-y ! murmura-t-elle. Défoule-toi, gobelin !

— Pour toi, ce sera *Monsieur* Hobgobelin, mollusque d'eau sale, rectifia Tête-de-lard.

Et il cracha dans les yeux de Mallory avec délectation.

— Salut, toi ! dit Simon au griffon. Je m'appelle Simon. Lui, c'est Jared, mon frère jumeau ; elle, c'est Mallory, ma grande sœur ; et lui, c'est Tête-de-lard. Nous ne te voulons pas de mal. Nous allons essayer de te soigner, tu comprends ?

Le griffon émit un petit sifflement, mais il ne protesta pas quand Simon lui tapota les plumes.

— Étendez la housse à côté de lui, ordonna-t-il.

Le bruit dut effrayer l'animal : il se redressa légèrement, ouvrant son bec tranchant. Simon continua de lui parler à l'oreille. L'oiseau-lion parut l'écouter. Il referma son bec et gonfla légèrement ses plumes comme si les mots de son nouvel ami le chatouillaient.

Pendant ce temps, Jared et Mallory s'activaient. Lorsque la housse fut étendue, ils prirent la créature par les pattes et murmurèrent :

— De une… Et de deux… Et de trois !

Le griffon siffla de nouveau. Il essaya d'agiter ses ailes. Les enfants se reculèrent par précaution, mais l'animal se calma. Alors, les enfants entreprirent de le ramener dans la remise. C'était compliqué : le griffon était encombrant ! Par chance, il était beaucoup plus léger que prévu. Simon supposa qu'il avait les os creux, comme un oiseau ordinaire.

— Nos chemins se séparent ici, otaries d'aquarium ! déclara Tête-de-lard.

— Salut, Tête-de-lard ! lança Simon.

Le voyage fut long et pénible. À chaque choc, le griffon sifflait ; de temps à autre, les enfants le reposaient pour laisser Simon le calmer. Puis ils reprenaient leur marche.

Ils finirent par arriver à la réserve. Ils durent ouvrir les deux portes de derrière avant de déposer l'animal dans l'une des grandes stalles. Le griffon s'installa comme il put, profitant d'un peu de vieille paille qui traînait. Simon nettoya ses blessures à la lueur de la lune, avec

Le griffon but avec plaisir.

l'eau du tuyau d'arrosage. Jared remplit un seau pour abreuver le griffon… qui but avec plaisir ! Mallory dénicha une couverture mitée. Elle en couvrit l'animal.

— On dirait presque qu'il est apprivoisé, hein ? souffla Simon.

En un sens, c'était vrai. Les enfants n'avaient-ils pas soigné, abreuvé et préparé le griffon pour la nuit, comme ils l'auraient fait pour un cheval ? Toutefois, Jared voyait les ennuis à l'horizon : qu'on le veuille ou non, un griffon est une bête féroce, pas un animal domestique…

Il était tard, très tard quand les enfants Grace regagnèrent la maison. Ils étaient en piteux état. Mallory était trempée de la tête aux pieds. Les vêtements de Simon étaient en

lambeaux. Jared avait des traces de boue et des accrocs un peu partout. Cependant...

1) ils étaient vivants ;

2) ils avaient conservé le livre et la lunette de pierre ;

3) Simon ramenait dans ses bras un chaton couleur caramel.

Ils s'en sortaient plutôt bien !

Leur mère, elle, était à bout de nerfs. Quand elle les vit débarquer, elle était au téléphone, en larmes.

— Les voilà ! s'écria-t-elle. Ils sont de retour !

Elle raccrocha aussi sec. S'essuya les yeux. Fixa ses enfants un long moment. Son soulagement fit place à la colère. Elle demanda :

— Il est une heure du matin ! Où avez-vous traîné ? Et toi, Mallory, comment as-tu pu être aussi irresponsable ?

La jeune fille regarda Jared, qui regarda Simon, qui regarda Jared en serrant le chaton contre lui. Jared comprit que c'était à lui d'inventer une excuse.

— Eh bien, c'est très simple, je… euh… j'ai vu un chaton dans un arbre, commença-t-il.

Simon lui fit un petit sourire pour l'encourager.

— Ce chaton-ci, continua Jared en désignant l'animal que tenait son frère. Simon l'a vu aussi. Il est monté dans l'arbre pour l'attraper. Mais le chaton a pris peur. Il a monté plus haut. Simon aussi. Soudain, ils se sont tous les deux retrouvés coincés ! Moi, j'étais resté en bas, alors j'ai couru chercher Mallory.

Jared se tourna vers sa sœur, comme pour lui dire : « À toi de jouer, ma cocotte ! »

— Je… je suis… je suis montée à… à mon tour, bégaya la jeune fille.

Jared reprit la parole :

— Elle a réussi à aider Simon, qui avait rattrapé le chat. Sauf que, pas de chance ! le chat s'est de nouveau enfui à ce moment-là. La branche a cédé, et Simon est tombé dans la rivière.

— Hein ? Mais c'est Mallory qui est trempée ! protesta Mme Grace.

— Jared veut dire que *je* suis tombée dans la rivière, corrigea Mallory.

— Avec ma chaussure, précisa Simon.

— Exactement ! renchérit son frère. Simon a quand même récupéré le chat. Après, il a fallu l'aider à descendre sans qu'il se fasse griffer.

— Ça a pris un bon bout de temps, affirma Simon.

Sa mère lui jeta un drôle de regard.

— Vous êtes punis tous les trois jusqu'à la fin du mois, déclara-t-elle. Interdiction de sortir de la maison pour jouer. Montez vous laver et vous coucher. Je suis *très* en colère. Filez !

— Désolé, murmura Jared quand il se retrouva seul en haut de l'escalier avec Simon et Mallory. Je n'avais pas de meilleure excuse en stock…

— Il n'y avait rien à dire, reconnut Mallory. Comment expliquer ce qui nous est arrivé à quelqu'un qui n'a jamais vu de griffons, de trolls ou de gobelins ?

— Justement, d'où sortent-ils, ces gobelins ? reprit Jared. Ils ne nous ont pas révélé ce qu'ils voulaient !

— Le *Guide*, répondit Simon. C'est ce que j'ai essayé de t'expliquer tout à l'heure. Ils m'ont kidnappé parce qu'ils pensaient que je l'avais sur moi.

— Mais comment ont-ils su que nous l'avions trouvé ? intervint Mallory. Ce n'est quand même pas Chafouin qui le leur a dit !

— Peut-être que quelqu'un était chargé de veiller sur le livre…, suggéra Simon.

— Pourquoi ? s'emporta Jared. Qu'est-ce qu'il a de si important, ce bouquin ? Je parie que les gobelins ne sont même pas capables de lire ! En quoi le *Guide* les intéresse-t-il ?

Simon haussa les épaules :

— Ils ne me l'ont pas expliqué. Ils m'ont juste fait comprendre qu'ils le voulaient.

Jared secoua la tête, ouvrit la porte de sa chambre… et poussa un cri de surprise. Le lit de Simon était impeccable. En revanche, le sien était un désastre : le matelas avait été jeté à terre ; quelqu'un avait éventré l'oreiller, dont les

plumes parsemaient la pièce ; les draps avaient
été lacérés.

— Chafouin ! s'exclama Jared.

— Je le savais, affirma Mallory. Tu n'aurais
pas dû lui prendre la lunette de pierre !

Fin du

Livre Deuxième

À propos de
TONY DITERLIZZI...

Né en 1969, Tony grandit en Floride et étudie le dessin et les arts graphiques à l'université. Il ne tarde pas à se faire remarquer comme dessinateur, grâce à *Donjons et Dragons*. Il écrit aussi des séries pour les lecteurs débutants, et illustre des auteurs vedettes, dont un certain J.R.R. Tolkien. Retrouvez Tony et son chien Goblin sur www.diterlizzi.com.

... et de HOLLY BLACK

Née en 1971, Holly grandit dans un grand manoir délabré, où sa mère lui raconte des histoires de fantômes et de fées. Auteur de poésies et d'un «conte de fées moderne» très remarqué, *Tithe*, elle vit dans le New Jersey avec Theo, son mari, et une étonnante ménagerie. Pour en savoir plus, rendez-vous sur www.blackholly.com !

Avis aux fées et gobelins en colère : malgré vos attaques, Holly et Tony travailleront d'arrache-pied pour raconter l'histoire de Mallory, Jared et Simon jusqu'au bout !

Rien ne va plus, tout se complique
Dans le manoir de Spiderwick,
Car il n'est pas toujours commode
De s'entendre avec un kobold...

LE KOBOLD

Voyez ce grand elfe des bois ;
Observez son air dur et froid.
Faut-il le traiter en ami
Ou le fuir pour rester en vie ?

L'ELFE DES BOIS

Les réponses sont là :

LE SECRET DE LUCINDA
LIVRE TROISIÈME

Remerciements

Tony et Holly remercient
Steve et Dianna pour leur perspicacité,
Starr pour son honnêteté,
Myles et Liza pour avoir fait le voyage avec nous,
Ellen et Julie grâce à qui tout ça est devenu réalité,
Kevin pour son enthousiasme sans faille et sa foi en nous,
et tout spécialement Angela et Theo
– il n'y a pas assez de superlatifs
pour décrire votre patience
durant les longues nuits passées
à discuter de Spiderwick.